はじめに

「もう好きになれない」

恋が冷めた以上の意味を持つその一言に、未来を閉ざされ絶望した。電話越しに泣いていたあの人の声は、私の頭の奥底から今も消えてなくならない。


きっと誰しも忘れられない恋愛の記憶が１つや２つあることでしょう。

ＹｏｕＴｕｂｅチャンネル「ポテトピクチャーズ」では、この世界のそこかしこに転がっている不《ぶ》恰好《かっこう》な恋愛のワンシーンをモキュメンタリーという形でお届けしてきました。その動画数は１００を超え、視聴数はありがたいことに７５００万回にも及びます。

恋が終わる瞬間、思わせぶりな君、間違えた恋の順番、恋人不要論、遠距離の果て……これらは過去にアップされた動画タイトルの一部です。お分かりの通りそのほとんどが、恋愛の〝苦味〟を切り取ったものでした。

これら幸せじゃない恋愛のお話が、どうしてこれほどまでに共感を呼び、そして議論されるのか。それもそのはず、恋愛なんてものは大抵上手くいかないものです。片想いが両想いに変わることは滅多にないし、両想いは大抵いつの間にか片想いになっているものです。

そして、往々にして思い起こされるのは、いい思い出ではなく、傷ついた記憶ばかり。それでも一縷《いちる》の望みを託し、恋愛に興じている私たち。

そんな私たちの痛い記憶に触れるのが「ポテトピクチャーズ」で描いてきた

恋の〝苦味〟でした。

そしてこの度、それら恋の屍《しかばね》の数々を1ページ、1篇、1分で読める超短編小説集として書籍化することになりました。痛くて、切なくて、残酷で、冷たくて、それでいて愛《いと》おしい恋のお話。

心の準備はできましたか。

これは、いつか幸せになる私の、誰かの、そしてあなたの物語です。

加藤碧

2025年1月

もくじ

誰も知らない

好きだったあの子が結婚した。
もし僕が気持ちを伝えていたら
君のベールをあげるのは僕だっただろうか。
いや、そうしたらこの場にいることすら
できなかったかもしれない。
知らない男と並ぶ君の晴れ姿を見て
これでよかったんだと自分に言い聞かせた。
「泣いてんの？笑」
友人が僕を見て笑う。
「だって嬉しいじゃんか」
僕は誰も知らない涙を拭《ぬぐ》った。

優柔不断な彼

「きつねうどんと海老天《えびてん》うどん
どっちがいいと思う？」

こんな些細《ささい》なことで悩む優柔不断な彼が
バカバカしく、それでいて愛おしかった。

「なにする？」

「どこ行く？」

「なに食べる？」

尋ねる彼にいつも決めるのは私だった。

そんな彼が唯一決めたこと。

「別れたい」

あれは質問じゃなかった。

間違えた恋の順番

「してみないと分からなくない？」
その言葉に流されて体を重ねた。
それから幾度も家に呼ばれたが、
彼の口から告白の言葉が
出てくることはなかった。
結局、する前から分かってたんだよね。
私だって分かってたよ。

空っぽの朝

また見慣れない場所で朝を迎えた。
苗字《みょうじ》も知らない男が背を向けて寝ている。
セックスは好きな人とするもの。
20代になってそうじゃないって分かった。
寂しさを埋めるために飲んだアルコールも
重ねた体の温もりも
朝になれば消えてなくなる。
残るのはいつも空っぽの私。

待っていた言葉

「好きだよ」

私が想いを伝えるたびあなたは
「ありがとう」と笑ってくれた。

でも1回も返ってこなかった。

「僕も好きだよ」

その言葉だけを待ってたのに。

言えなかった言葉

「好きだよ」

君に想いを伝えられるたび僕は
「ありがとう」と微笑んだ。

でも1回も返せなかった。

「僕も好きだよ」

その言葉だけは嘘になるから。

29:00

空にはうっすらと月が残り、
足元ではカラスが残飯をつつく。
朝5時の渋谷は昨日が続いているようだった。
「マジで可愛い」
決して〝好き〟とは言わなかった彼。
もう会わない。
私はそう心に誓うとガラガラの電車に乗り込んだ。
ビルの隙間から顔を出した太陽が
今日の始まりを知らせる。
服からはまだ彼の匂いがする。

マッチング

１６６センチ、なし。
年収４００万、なし。
１７６センチ、年収７００万、そこそこイケメン、
辛うじてあり。
先週マッチした彼とのデートは悪くなかった。
帰り道、家にもホテルにも誘ってこない。
誠実さも◯。
改札で別れる時、思わず少し甘えてみた。
「次はどこ連れてってくれるの？」
彼はこれまでとは違う表情で笑う。
「いつからお前が選ぶ側だと思った？」

恋か、情か

だいたいこの世界では
続けることより、辞めることの方が難しい。
彼と付き合って4年。
当たり前になったふたりの日々が
恋とも愛とも呼べぬものになってしまった。
私たちは出会ったあの日のように夜の東京を散歩した。
煌々《こうこう》と輝く東京タワーの下で
ベンチに腰を下ろした彼が口火を切る。
「本題なんだけど」
私たちは泣きながら、初めて未来の話をした。

小さな変化

「髪切った？」

「ネイル可愛いね」

「その服めっちゃ似合ってる」

いつも小さな変化に気づいてくれるあなた。

私はたまらなく嬉しくて、
たまらなく悲しかった。

だって、これがあなたのためってことには
ずっと気づいてくれないから。

許されない関係

「上手くいかなかったら友達に戻ろう」
親友から恋人になった私たちは
言葉通りの結末に至った。
安い酒で飲み明かし、
最近見たドラマの感想をただ喋《しゃべ》り倒す。
私たちが一緒にいるのに
恋もセックスも必要なかった。
永遠の友情を誓い笑顔でお別れしてから3ヶ月。
誓いは早々に破られた。
「元カレと会うなんていいわけないでしょ」

返信

「明日の夜、電話でいい？」

数分後に返ってきていた彼のＬＩＮＥは
数日かかるようになった。

「別れたい」

数分の電話を終え、ひとしきり泣いた私は
少し長い最後のメッセージを送った。

「今まで本当にありがとう。

一緒にいる時間はとても幸せでした。……」

あれから丸１年。

送ったＬＩＮＥは、いまだ既読になっていない。

都合のいい私

「これからも大切な存在でいてほしい」

プロポーズの言葉じゃない。

フラれた夜の餞別《せんべつ》である。

別れてから3ヶ月が経ったある日の夜。

彼から久しぶりのＬＩＮＥが届いた。

「今日、サクッと飲まない？」

都合のいい彼に嫌気がさし、ため息が出る。

私はインカメでメイクを確認すると
椅子に掛かったコートを羽織った。

可能性は捨てられない。

目玉焼き

「お腹すいた」

1つ年上のセフレが起きて最初に言う常套句《じょうとうく》。

そんな彼に振る舞う不恰好な目玉焼き。

「俺、ソース派なんだけど」

彼は不満を垂れながら
醤油《しょうゆ》のかかった目玉焼きを頬張っていた。

ある朝、彼はいつもと違う言葉を口にした。

「もう会うのやめよう」

「分かった」

付き合っているわけじゃない。

会わないことに理由も許可も必要ない。

最後の朝、目玉焼きとソースを出した。

そして、彼が言う。

「醤油ある？」

バカバカしい。涙が出てきた。

再会

別れ、それすなわち赤の他人になること。
きっとそう言う人もいる。
でも、それじゃあちょっぴり寂しい。
もし、人生の最期に
映画のようなエンドロールがあるとしたら
私は元カレの名前をクレジットしたい。
このわずかな人生の中で一度でも愛した人。
そんな彼にもう1回会いたくなってしまった。
「可能性がないならどうして来たの？」
2年ぶりの夜、彼の目には
寂しさと怒りがわずかに見えた。

転校生

「みんなのこと絶対に忘れません」

黒板を背に思いを寄せていた彼が言った。

中学1年生だった私にとって、
転校というのはいわば今生《こんじょう》の別れを意味した。

彼のスピーチが終わる頃、
斜め後ろの親友が泣き出した。

「応援してるよ」

ずっとそう伝えてくれていた彼女。

私はあの日初めて彼女の本当の気持ちを知った。

最後のキス

どれだけ長い時間を過ごしても、
それに比例して恋は育まれるものじゃない。

同棲《どうせい》最後の日、
もぬけの殻になった部屋で最後のお願いをした。

「目瞑《つむ》って」

目を閉じたあなたに最後のキスをする。

「なに？」

「なんか思わない？」

「なんも思わないよ」

私たちの3年が本当に終わった。

ありのまま

トイレでリップを塗り直した私は
フードコートにいる彼のもとへ足早に戻った。

「プリでも撮る？笑」

「そういうのじゃないじゃん俺ら」

スマホを片手にポテトを頬張る彼が続ける。

「お互い気を使わずに
ありのままな俺らだからいいんでしょ？」

「そうだよね」

私は永遠の友情を感じ、そして絶望した。

十五夜

夏が終わる。

半袖のシャツには少し涼しすぎる夜。

彼の横を歩くほろ酔いの私は
それでも少し汗ばんでいた。

静寂が私たちを包み込み、心臓の高鳴りを感じる。

「月が綺麗ですね」

私の精一杯を彼にぶつけてみた。

彼はフッと笑って答える。

「うん、月は綺麗だね」

お土産

営業帰りの乗り換え駅で
たい焼きの店が目に飛び込んできた。
「限定のやつを2つください」
同棲のいいところは帰り道に
お土産を見つけられるようになること。
そして悪いところは
深く記憶に刻まれすぎてしまうこと。
僕は家に着いて早々、
まだわずかに温かいそれを1つ頬張った。
そして冷めたもう1つは冷蔵庫へ。
もう2つ買う必要なんてないのに。

優しい人

「ごめん、付き合えない」
ばつが悪そうにする私。
「返事くれてありがとう」
彼は無理やりに笑顔を作ってみせた。
〝優しい〟って言葉は
まるで彼を形容するための言葉のようだった。
好きになりたいと思う人を
好きになれたらどれほど幸せか。
でも、そんなことができるなら、
私は彼を好きになるけど、
彼は私を好きにはならないか。

好きな映画

「これ見たことある？」

彼はお気に入りの
映画のブルーレイを持ち出してきた。

「あるよ、でもあんま覚えてないや」

「え？　絶対好きだと思ったのに」

本当は好きじゃなかった。

元カレの家で途中からセックスした映画。

泣きたいのは

公園のブランコに腰掛けている僕たちを
街ゆく人が冷たい一瞥《いちべつ》を与えて通りすぎていく。
それもそのはず僕の隣では彼女が号泣していた。
きっと女を泣かせた悪い男と
思われているに違いない。
「泣かなくて大丈夫だよ」
それでも涙の止まらない彼女の隣に
僕はただばつが悪そうに座っているしかなかった。
泣きたいのはこっちだよ。
フラれたのは僕の方なんだから。

曖昧な関係

「曖昧なものの方が壊れにくい」
一夜を共にしたその男は寂しげな目をしていた。
「始めるから終わるんだよ。
友達ってさ、いつの間にかなってるものじゃん？
恋人もそういう感じでいいと思うんだよね」
私の告白は彼の難しい回答に流された。
それから彼との曖昧な関係はしばらく続き、
いつしか彼は連絡がつかなくなった。

さよなら大好きな人

「付き合ってください」

必ず伝えると心に誓ったその一言。

結局、口にすることはできなかった。

「今は彼女とか作らず頑張ろうと思うんだ」

察しのいいあなたは先に答えをくれた。

ただ、いつまでも０％にできない可能性に
私は今日も縛られている。

写真もトーク履歴も全部消そう。

さよなら、私の大好きな人。

夢の国

彼のズボンのポケットから
ディズニーのチケットが出てきた。
もちろんサプライズなんかじゃない。
「本当にごめん。
でも遊びに行っただけで、やったりしてない。
だから許してほしい」
なんも分かっちゃいない。
体以上に奪われたら嫌なものがある。
「あのね、だから許せないの」

普通の幸せ

普通に恋して、
普通に結婚して、
普通にママになる。
私が描いた普通の幸せは
普通に現実になると思っていた。
「大事な話がある」
彼の家に呼び出された私。
長い沈黙が破れる。
「……お腹《なか》に赤ちゃんがいる」
俯《うつむ》いたままの彼が言った。

初恋のあの子

「好きです」

二度と同じ後悔をしないようにと告白をした。

「ごめんなさい」

僕の言葉を聞いた君の目は潤んでいた。

「あなたの心にいるのは私じゃない。

私はきっと永遠に2番目でしょ」

僕は唇を噛《か》み締め、
初恋のあの子に会いに来た。

石の前で姿のない君に手を合わせ祈る。

「ずっと好きでした」

一生の十字架

一晩の過ちで背負ったのは一生の十字架。
その日以来、彼からの愛を受け取るたびに、
彼を裏切った自分を嫌いになった。
もうこの人との幸せは手に入らない。
私は彼にサヨナラを告げた。
弱くて、自分勝手で、最悪な私。
でも心が痛むだけアイツよりマシか。

恋は愛へ

付き合って3年。
昔みたいな熱々の恋ではないけれど、
それは愛に変わってきたということだろう。
脇から小さな箱を取り出し、
君に声をかけようとしたその時
「ちょっと話があるんだけど」
彼女が口を開いた。
やっぱり僕たち考えることは同じか。

恋は情へ

大切な存在に変わりはない。
でももう好きじゃない。
自分の心には気づいてた。
でもあなたの悲しむ顔が怖くて、
ずっと言えずにいた。
これ以上の時間は奪えない。
意を決して彼に声をかける。
「ちょっと話があるんだけど」
彼の脇に小さな箱を見つけた。
遅すぎた。

大盛り

大盛り無料。
その文字を見ると迷わず大盛りにしていた君。
そのくせ完食できず、
最後は僕が全て平らげるのがオチ。
苦しそうに食べる僕を見て君はいつも笑っていた。
今は苦しみながら食べることもない。
好きな時に、好きなものを、好きなだけ食べる。
ただあの時の方が美味《おい》しかった気もする。

ＳＮＳ嫌い

元カレはＳＮＳが嫌いな人だった。
私との写真をあげることなどもちろんなかったし、
私にもあげさせてはくれなかった。
そんな彼のインスタにアップされたツーショット写真。
「好きだけど、将来が見えない」
別れ際のあなたの言葉、
今になってムカついてきた。
よかったね、将来が見える人と出会えて。

浮気の理由

「愛してるとヤりたいっていうのは
イコールじゃない」

彼女持ちの彼は酒で顔を赤くしながら
世に蔓延《はびこ》る浮気の理由を熱弁した。

予定通り終電を逃した私は彼に問う。

「この後どうする？」

「タクシーで帰る以外なんかある？」

なるほど、私は浮気にも値しないのか。

ひと夏の恋

窓側一番後ろ。
教室の隅で頬杖《ほおづえ》をつく君は
体育のサッカーをじっと眺めていた。
額からぽつりと汗が落ちる。
決して僕とは目が合わない君。
視線の先にボールはなかった。
僕の夏が通り抜けていった。

タイミング

次会った時に告白されなかったら諦める。
そう心に決めていながら彼とのデートは続いた。
「好きです、付き合ってください」
その一言をくれたのは彼ではなかった。
捨てるために選ばれるものがあったっていい。
私は告白を受け入れた。
サヨナラを告げに行った最後のデート。
彼に同じ言葉を言われるなんて。

ねがおフォルダ

昇り切った太陽に照らされる彼の顔。

それを私は歯磨きでもするかのように
当たり前に、それでいて大切に写真に収めた。

彼のねがお写真だけを集めたねがおフォルダ。

そのフォルダが今日で3桁を突破する。

「今日さ、ちょっと外行く？」

目を覚ました彼はいつもとは違う顔をしていた。

シャレたオープンテラスでカフェラテを啜《すす》る。

「もう会うのやー」

カシャッ。

最初で最後。
彼が寝てない唯一の写真。

笑顔のさよなら

「これ以上寂しい思いをさせたくない」
彼は最後まで「好きじゃなくなった」とは言わなかった。
そんなズルい彼に私は笑顔でさよならをした。
溢《あふ》れそうな涙を堪《こら》えて心の中でこう祈る。
いつかあなたが、私を思い出して
死ぬほど後悔しますように。

三度目の正直

「俺たち合わないよね」

2回付き合って、2回別れた。

そんなあの子と偶然の再会を果たし、一夜を共にした。

1ヶ月後、行きつけの居酒屋で
珍しく酒を飲まない彼女が困惑気味に言った。

「できた」

条件反射のように僕の口からも言葉が出る。

「結婚してください」

続きを知らない人はこれを運命と呼ぶかもしれない。

二度あることは三度ある

偶然の再会の夜に
神様から授かった運命。
あの時の僕はそうだと信じて疑わなかった。
「私たちやっぱり合わないね」
妻からそう言われたのは
あの夜からちょうど3年が経つ頃だった。
運命なんてないって
分かっていたはずなのに。

ひとりぼっち

「明日、夜あいてる？」

「昼なら大丈夫」

空が深い黒に染まり始めた頃
彼から昨日の返信が来た。

「じゃあまた今度」

いつからだろうか。

セックスより手を繋《つな》ぐ方が難しくなった。

街の静けさがひとりぼっちの私を煽《あお》る。

太陽の下、ただ手を繋いで散歩でもしたかった。

友達

つまらない講義を抜け出し、
昼間から安い酒を飲み交わす。
いつの間にか終電がなくなって、
カラオケボックスのソファで朝を迎える。

そんなくだらない君との関係こそが
最高の〝友情〟だと思っていた。
あの日、街灯に照らされた私の唇を君が奪うまでは。
君もそっち側か。
またひとり友達が消えた。

ゴロ合わせ

テレビでは涙を呑《の》んだ高校球児が
甲子園の土をかき集めていた。

「8月9日だから野球の日だね」

忘れないように覚えたあなたの誕生日。

今年は誰に祝ってもらってるのかな。

たった一文字

彼女になれる日が来るかもしれない。

そんな気持ちを心の隅に抱えながら
都合のいい関係は続いた。

そんなある日、彼が神妙な面持ちで言う。

「結婚するか、終わりにしよう」

そう聞こえた気がした。

「え？　なに？」

彼はさっきより強い口調で言う。

「結婚するから、終わりにしよう」

白雪姫

ダブルベッドの端で目を覚ました僕は
まだ鳴っていないアラームを止めた。
頑《かたく》なに目を覚まさない白雪姫を
起こす任務はもうない。
ふたりで猛ダッシュしていた駅までの道を
空を見上げながら歩く僕。
今日は会社近くのカフェで
モーニングでも食べていこう。
こんなにも優雅な朝が訪れてしまった。

特殊能力

私には特殊能力がある。
いや、もしかすると全女子に
備わっている能力なのかもしれない。
ピロン。
スマホを手に取った私の顔が綻《ほころ》ぶ。
SNSに疎い彼が
珍しくストーリーズを更新している。
夕日をバックに黄昏《たそがれ》る尊いイケメン。
私の顔からは笑顔が消えた。
私には分かる。

これは女が撮った写真だ。

消えもの

会ってくれなくなってから半年。
前にもらった香水を使い切った。
ハンドクリーム、ヘアオイル、クレンジング。
君がくれたプレゼントは
どれもすぐになくなった。
今まさにまとった香水の匂いも
明日になれば消えてなくなる。
私は空になった小さな瓶を
部屋の隅に飾ってみた。

裏腹

講義終わりの大教室で恋バナに興じる私たち。

「彼、酔っ払うとすぐ電話してきてウザい」

愚痴をこぼすあの子はなんだか嬉しそうだった。

「本当クズだったから別れられて清々してる笑」

はにかんでみせたその子の目は腫れていた。

そしてふたりが口を揃《そろ》えて私に言う。

「絶対すぐ彼氏できるよ！」

日常という名の幸せ

「髪乾かしてもらうの夢だった」
ドライヤーでかき消される会話。
狭いシングルベッドでの腕枕。
深夜に一緒に食べるアイスクリーム。
そんなありふれた日常が、
きっと幸せということなのだと思う。
絶対に手に入らない幸せ。
彼の薬指に光る銀の輪が
〝これはお前のものじゃない〟と
今日も熱心に伝えてくる。

正反対のふたり

「どっちが飲みたい？」

「こっち」

「やっぱり合わないね笑
でも俺こっちがよかったからちょうどいい」

私たちの最後はこんなありきたりな会話だった。

一度も気づかなかったでしょ。

私はあなたが選ばない方を選んでたんだよ。

心の声

まだ空が青い夕暮れに
スターバックスにいたカップル。
人目も憚《はばか》らずイチャつく彼らを
昔の僕だったらバカにしただろう。
ただ、もし彼らみたいに
「可愛いね」って
「好きだよ」って
「愛してる」って
ちゃんと全部口にしていたら
僕はまだ君と一緒にいられたかな。

本当の意味

「愛されてるか分からない」
気持ちを言葉にしないあなたに
私は別れを告げた。
でも今になって分かった。
「お腹空いてない？」って
「もう家着いた？」って
「大丈夫？」って
全部全部あなたなりの〝愛してる〟だったんだね。

男女の友情

聞き慣れないアラームで目が覚めた。

頭が痛い。昨日は少し飲みすぎてしまった。

君との会話を朧《おぼろ》げに思い出す。

「男女の友情って信じる？」

信じる派の君と信じない派の僕。

「絶対成立するよ。うちらがその証明じゃん」

それ以上の記憶はない。

ただ正しかったのは僕の方だ。

なぜなら隣にまだ目を覚まさない君がいる。

Q.E.D.

魔性の女

「僕のことどう思ってる？」

「いいと思ってるよ」

意を決した彼を遮ってあたしは続ける。

「でもまだ好きかは分からない」

肩を落とす彼にさらに続ける。

「もっと時間が欲しいの」

叶《かな》わない夢をちゃんと諦めないように。

「だからまた遊ぼう」

君が他の子と幸せになるなんて許さない。

キスもセックスもさせてあげない。

彼女になんてならないけど、

君はずっとあたしを好きじゃなきゃつまらないよ。

ＳＮＳ

「どうせ別れるのに、
なんで彼氏の写真とかＳＮＳにあげんのかな」
周りを小馬鹿にしながらクリームソーダを飲む私。
「私は素敵だと思うけどー」
友人の君は同意しなかった。
「逆に聞くけどさ
終わりを見据えてする恋なんて楽しい？」
続いた君の質問に
私はストローを離せずにいた。

ＳＮＳⅡ

「じゃあなんでＳＮＳに彼氏あげないの？」
私の質問に彼女は悠々と答える。
「だって、私にしか見せない彼の笑顔は
　私が独り占めしたいから」
私はスプーンを咥《くわ》えて固まった。
それから半年、彼女のＳＮＳには
２つのリングの写真だけがアップされた。

口癖

「君と一緒なら、なんでもいい」

彼はいつも微笑んで答えた。

付き合って3年が経つ今も
彼の口癖は変わらない。

「今日どうする？」

メイクをしながら尋ねる私。

「なんでもいい」

スマホをいじりながら答える彼。

言葉は違わない、言葉は。

私はメイクの手を止めた。

真夜中の着信

僕は珍しく酔っていた。
駅から家までの7分間、
誰かと話がしたくなった。
ポケットからスマホを取り出すと
君のＬＩＮＥが目に留まった。
あの頃、酔った君がかけてくる深夜の電話。
僕が出ることはほとんどなかった。
その煩わしさから解放されてもう1年が経つ。
僕はスマホを再びポケットにしまうと、
7分間の孤独に歩みを進めた。

恋敵

「告白されちゃった」
涙目の親友が言った。
「おめでとう！」
私は精一杯口角をあげた。
昼に取り繕った分だけ、夜に枕を濡《ぬ》らした。
「恋愛に脅かされる友情なんて
初めからなかったのと同じだよ」
送りかけたメッセージ、
自信がなくなって送るのはやめた。
君はもう笑っているだろうか。
君はもう彼女になっているだろうか。

同窓会

「懐かしい匂いがする」

タバコに火をつけた僕の背中から声がした。

同窓会で再会した元カノはあの頃と同じ笑顔をしていた。

「もし遠距離にならなかったら、今も続いてたかな？」

「どうかな。でもどんなに不満でも
私からフることはなかったと思う」

恋の痛みは時間が解決すると言うけれど、
後から傷の大きさに気づく恋もある。

「私たちはもう思い出だよ」

去り際、彼女が言ったその一言が、
僕をひとり置き去りにした。

恋人ごっこ

出会ってから今日に至るまで
一緒に美味しいご飯をたくさん食べた。
夏の花火に冬のイルミネーション、
温泉旅行にも行った。
「好きだよ」
真っ白な布団に包まれながら彼の〝好き〟だってもらった。
まるで付き合っているふたりのように。
彼女みたいだった。彼女みたいだった。

改札

たくさんの人で賑《にぎ》わう23時の新宿駅で
若い男女が別れを惜しんでいた。

何度も振り返る女の子。

その場を離れず手を振り続ける男の子。

「お幸せに」

私は思わず小さな声で呟《つぶや》いた。

彼女の姿が見えなくなると
彼はスマホを取り出し電話をかけ始めた。

「今仕事終わった。会える？」

前言は撤回した。

行きずり

寂しさを埋めるためにセックスをした。

六本木で出会った行きずりの男に私は聞いた。

「よくあるの？」

「どうだろうね」

彼は私の額にキスをすると、再び抱き寄せた。

私はハグの圧力を感じながら目を閉じる。

背中を向けて眠る彼氏の姿が脳裏に浮かんだ。

天秤

次のデートで告白する。
その決意が果たされることはなかった。
「お付き合いしてる人ができたので
　もうふたりでは会えません」
近頃、素っ気なかったやりとりの意味が分かった。
屈託のないあの笑顔も
重ねた手の温もりも
僕だけのものじゃなかったんだね。
失われた未来より
塗り替わる過去の記憶が胸を刺した。

大好物

大切な日に作ってくれるオムライス。

彼女はいつもケチャップで落書きをしていた。

「絵心どこ？」

そう言う僕の顔が綻んでいたのは
きっとバレバレだったのだろう。

そして、あの日。

初めてなにも落書きのないオムライス。

嫌な予感がした。

「大事な話があるの」

僕は味のしない最後のオムライスを食べた。

今日だけの恋人

「今日だけは恋人でいよう」
今なら最低と思えるその言葉が、
あの時の私にはちょっぴり嬉しく思えた。
会うのは彼から連絡が来た時だけ。
いつも私の家だった。
断腸の思いで彼との関係を断ってから半年。
すっかり吹っ切れた気がしていたのに
帰りがけの電車でふと涙が込み上げた。
ああ、そうだ。
これは彼が首元につけていた香水の匂い。

社内恋愛

私の心を奪ったのは5つ上のクールな先輩。

好きな人を拝める毎日はとても愉快で
朝が待ち遠しかった。

お昼休憩、同期の会話が聞こえてきた。

「婚約したんだって、営業の向井さんと」

途端に頑張った卵焼きの味が消えていく。

会社に来るのが憂鬱になった。

「どうした？　なんかあった？」

「あなたのせいです」

聞こえないように呟いた。

30の約束

「好きじゃなくなった？」

「好きだけど
出逢《であ》うタイミングが違った気がする」

なるほど、好きでも恋愛は終わるらしい。

積み重ねた1年間はいとも簡単に崩れ去った。

別れ際、ドラマのように振り返った彼が言う。

「30までお互い独りだったら考え直そう」

心に楔《くさび》が刺さる音がした。

ズルいよ、私の未来まで奪わないで。

最低な元カレ

ふと写真フォルダを遡《さかのぼ》る。
スマホを埋め尽くす元カレとの記憶。
彼といる私は誰よりも幸せそうな顔をしていた。
ただ、浮気はするし、お金もない。
最低な男だった。
彼と別れてから3年、たくさんの出逢いがあった。
誠実でイケメンなお医者様から告白だってされた。
でも、たったのひとりも新しい彼氏にはなっていない。
彼以上に私を笑顔にしてくれる人はまだいない。

クズ男

「絶対なにもないから大丈夫」

「分からないよ」

先輩とふたりで飲みに行くという彼女と
今日も喧嘩《けんか》をしてしまった。

「私のこと信用できない？」

「信用してるけど、
むこうになにされるか分からないでしょ」

彼女は少しムッとして続けた。

「そんなことする人じゃない」

「そんなの言い切れないよ。だって……」

男のクズさは俺が一番分かってるんだ。

分からない

ふたりだけの深夜のカフェ。
静寂を打ち破るように口を開いた。
「私のこと好き？」
「分からない」
かすかな声で彼は答えた。
私には分かる。
昔、私もそう答えたから。
付き合う前の〝分からない〟はもう好きだけど、
付き合った後の〝分からない〟はもう好きじゃない。
あと少しで終わる未来を前に
私は冷め切った紅茶を飲み干せずにいた。

１泊２日

窓から差し込む冬の日差し。

初めての旅行2日目の朝、
私たちは布団の上で昨日の続きをした。

「今日どこ行く？」

準備を終えて目を輝かせる私。

「どこでもいいよ」

窓辺で煙をくゆらす彼は
一番の楽しみが終わったように見えた。

友達以上恋人未満

なんでもさらけ出せる存在。
それが私の理想の恋人だった。
「家族っていうか、女としては見れない」
でも、あなたにとってそれは
友達以上であれど恋人ではなかった。
一度二度会っただけの女に告白をして、
ほどなくして別れる。
そんな女たちより私の方が
よっぽどあなたのこと知っているのに。
それでもあなたが私を恋人にすることは
この先も一生ないんだね。

飯店 0410

元カレと寝た夜

元カレと一夜を共にした。
「最近どう？」
別れてから5年、きっかけは単調なLINEだった。
ベッドの上の私たちはあの頃に戻ったようで、
そうではなかった。
少しだけ、それでいて確かに
彼のセックスはあの頃と違った。
5年の歳月が全身を通り抜け、
ほてった体が少し冷める。
変わったのは私もか。
あの頃は彼氏以外とするような人じゃなかった。

最後の6文字

「別れたい」
深夜に彼から届いたＬＩＮＥ。
1年近くも寄り添ったのに、
たった4文字で終わらせようとする彼。
せめて直接会って話をしたかった。
そんな気持ちを通り越して湧いてきた怒りに任せ、
私は即座に復讐《ふくしゅう》をした。
「私も」
たった2文字の返信。
こうして私たちの1年は
合わせて6文字で終止符を打った。

めんどくさい

告白ってめんどくさい。

する方ではなく、される方。

「伝えたいことあるんだけど」

別れ際、真剣な表情の男が言った。

「酔っ払っちゃったから、また今度でいい？」

逃げるように私は立ち去った。

好意は嬉しいけど、表明されると困る。

だっていちいちフラなきゃいけないでしょ？

１００円

誕生日にもらったネックレスも
思い出のデート写真も全部捨てた。
それなのにたった１００円。
暇つぶしに送り合ったＬＩＮＥスタンプが
今も君を忘れさせてくれない。

別人のあなた

薄暗い個室で愛を囁《ささや》かれ
あなたを私の帰り道に誘った。
翌朝、目を覚ますと同じベッドに別人がいた。
目的を達成したあなただった。
「じゃあ、また」
昨日とは私を見る目が違うあなたは
そそくさと部屋を後にした。

別人の君

薄暗い個室で愛を囁いて
君と同じ帰路についた。
翌朝、目を覚ますと同じベッドに別人がいた。
メイクの落ちた君だった。
「じゃあ、また」
動揺を悟られまいと平静を装い
そそくさと部屋を後にした。

おもかげ

「元カノからもらったモノとか気にする？」

そうやって聞かれたらこう言うしかない。

「モノに罪はないからね」

そうして、毎年冬が私をいじめる。

「もうボロボロじゃない？」

「まだ使えるからさ」

「モノ持ちいいんだね」

糸のほつれたマフラーに君が顔を埋めた。

そんなあなたが好きで、嫌い。

流されちゃう私

三軒茶屋の狭い1Kの部屋。

ベッドに腰掛けて、しょうもないテレビを見た。

横からゆっくりと迫る彼の顔をかわす。

「なんで？　家来たじゃん」

体より先に欲しいものがある。

「だって明るいから」

私は心にもない言い訳をした。

月明かりだけになった部屋で唇を重ねる私たち。

今日も高嶺《たかね》な私にはなれなかった。

優しい嘘

「ずっと来てみたかったの！　ありがとう！」

1年も一緒にいると
言葉以上のことが分かってしまう。

嘘をつく時、君は首元を触る癖がある。

僕は知らないふりをして続ける。

「よかった、僕も来てみたかったんだ」

嘘つきは僕も同じ。

元カノと来たなんて言えるわけがない。

腕時計

終電間近の駅のホーム。
スーツ姿の元カレを見つけた。
スマホを持つ彼の左手首に
当時私がプレゼントした腕時計が巻かれていた。
「もしもし、今から帰るところ」
刹那《せつな》の嬉しさを悲しさが通り越していく。
なにも思わないんだね。
私はね、全部捨てたよ。
あなたとの思い出、全部。
彼が乗り込んだ電車を見送った。
私の時間はまだ止まったまま。

いじわる

「今日いつにも増して可愛いね」

顔を赤くする私に彼が続ける。

「彼氏でもできた？」

いじわるな彼に私は仕返しがしたくなった。

「うん、彼氏できたよ」

「え？」

いつになく余裕のない表情の彼。

「……冗談です」

「なんだ、焦った笑」

彼は私を誰の女にもさせてくれない。

一番好きな人

金髪でヘビースモーカー。
私とは真逆の元カレ。
当時は髪も服装も彼の好みに合わせた。
毎日のようにご飯を作って、
メイクだっていっぱい研究した。
それでもおざなりな彼に
人生の中で一番泣かされたことだろう。
そんな彼と決別し、今の夫と結婚して3年。
真面目で、勤勉で、優しい夫。
そんな夫を心の底から愛していると思う。
でも、あの時以来

恋する私はもういない。

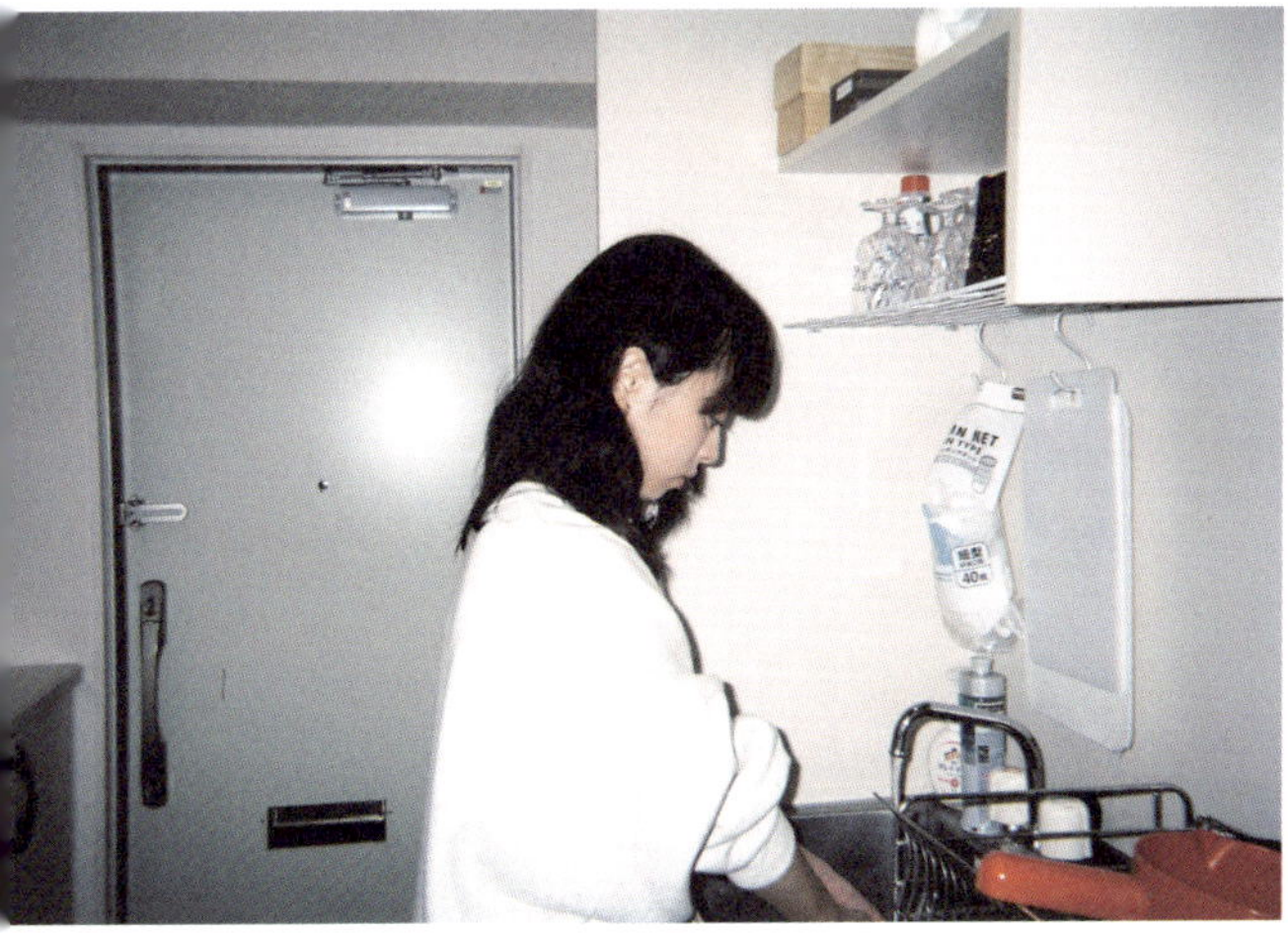

いつメン

「ふたりに言わなきゃいけないことがあって」

大学入学当初からのいつメン男女4人組。

そんな4人で飲んでいたある日のこと。

「私たち付き合いました」

一瞬時が止まり、僕ともうひとりは急いで祝福をした。

「おめでとう」

「お似合いだね」

その日の飲み会は過去一盛り上がらなかった。

それもそのはず、その日、1つの恋が実り、
2つの恋が散ったのだから。

ナンバーワン

優しくて、イケメンの彼。
私には勿体《もったいな》無いくらいの人だった。
そんな彼と過ごす熱い夜。
外ではさっきまで降っていた雨が
雪に変わり降り積もっている。
腕のぬくもりに包まれた私の耳元で
彼の声が響いた。
「一番好きだよ」
部屋の空気も凍った。

Dipper Dan

運命の人

「好きな人できちゃった」

そう言って別れを切り出したあなた。

「正直、運命の人だと思ってる」

強い目をしていた。

「運命の人ならしょうがないね」

私に抗《あらが》う術《すべ》はなかった。

でも最後にこれだけは言わせて。

「私たちが付き合った時
私もあなたが運命の人って思ったよ」

運命の人Ⅱ

「久しぶり？　元気？」

運命の人に出会ったらしい元カレから

1年ぶりにＬＩＮＥが届いた。

「元気だよ　そっちは？」

「ぼちぼち　久々に飲み行かない？」

そうか、やっぱり運命なんてなかったか。

私は既読だけつけるとスマホを置いた。

今日はまだ返信してやらない。

変わらないもの

3年ぶりくらいだろうか。
下北沢駅から歩いて5分のところにあった
元カノのアパートは跡形もなくなっていた。
どうしているかとＬＩＮＥを開いたが
なぜか君の名前は出てこない。
履歴を遡ると発見した。
どうやら変わったのは家だけじゃなかった。
苗字も、アイコンも、全て違う。
変わらないのは当時のやりとりだけ。
「大好き♡ずっと一緒にいようね」

幸せな結婚

憧れのウエディングドレス、
吹き抜けのある広いお家、
子宝に恵まれた温かな家庭。
ずっと幸せになることばかりを考えていた。
でも気づいてしまった。
結婚は幸せになるためのものじゃなくて、
幸せにするためのもの。
3年半付き合ったバンドマンの彼。
私たちは今日でカップルじゃなくなる。

なくしもの

「奮発して買った指輪なのに……」

僕は独り言をこぼしながら押し入れを漁《あさ》った。

たしか前にもこんなことがあった。

「俺のネックレス知らない？」

「知らないよ」

「高かったのになー、どこやったっけ……」

「みんな手にいれる努力はするのに、
なくさない努力はあんまりしないよね」

いつしか君の言っていた言葉が妙に引っかかった。

僕は一番奥の段ボールに手を伸ばす。

出てきたのは指輪ではなく懐かしい紙切れ。

付き合っていた時
君がくれていた手紙たち。

付き合う前の関係

「付き合う前にヤりたくない」

君は私と寝た次の日にそう告げた。

最初から付き合う気なんてなかったんだ。

「好き」

「可愛い」

「もっと一緒にいたい」

君がくれた甘い言葉たち。

それは全部〝ヤりたい〟って意味だったんだね。

プレゼント

「プレゼントでなにもらったら嬉しい？」

突然の質問に高揚した。

「後輩が誕生日近くて」

瞬間、ぬか喜びした自分を恥じた。

私は意地悪で、それでいて本当のことを伝えた。

「なにもらっても嬉しいよ」

「それじゃあ参考になんないじゃん」

心にもないことを付け足す。

「付き合えるといいね」

「まだそういうんじゃないし」

どうか彼の恋が上手くいきませんように。

別れてすぐ結婚した君

「まだ結婚とか考えられない」
あの日、君をフった僕は
広々とした部屋でSNSを漁っていた。
小さな画面に満面の笑みで映る晴れ姿の君。
拍手できない自分がいた。
未練でも嫉妬でもない。
あの日、君が欲しかったものは
僕ではなく結婚そのものだったのだろうか。
僕はスマホを閉じると
引っ越しの続きを始めた。

ズルい君

ここで許せば彼女にはなれない。
そう分かっていながら、
同じベッドで朝を迎えた。
寝起きの彼に一応尋ねる。
「付き合う？」
「付き合う前にそういうことはできない。
その子のこと信用できなくなっちゃうから」
ズルいね君は。
付き合う前にしたのは君も同じなのに。

偶然の再会

フラリと立ち寄ったカフェ。

そこで見覚えのある顔を見つけた。

5年前にフった元カノ。

「少し太った？笑」

僕は冗談交じりに声をかけた。

コーヒーを飲み切るまでの30分。昔話に花が咲く。

「彼氏いるの？」

「いないよ」

これは運命か、満を持して尋ねる。

「今度飲みに行かない？」

「ううん、飲めない」

彼女は少し膨らんだお腹に手を当ててそう言った。

目線の先

サークルの忘年会。

3つ先の斜向《はすむ》かいに座っていたあなた。

視線の先には私とは真逆な黒髪ロングの女の子。

男って分かりやすい。

思わずため息が出た。

「分かりやすいね、ずっと同じ人見てる笑」

隣の彼が私をからかってきた。

「なんで分かったの？」

私たちは赤くなった。

思わせぶりな彼

「そういうところ好きだよ」

私が喜ぶ言葉、ドキッとする行動。

きっと彼は全部分かっている。

「寒いから風邪ひかないようにね」

去り際に彼がマフラーを直してくれた。

寂しく終電に揺られるのは
今日で何度目になるのだろうか。

「付き合いたい」

踏み込んだ言葉が思わず口をつく。

「……」

その沈黙が答えを教えてくれた。

告白されて困るくらいなら
好きにさせないでよ。

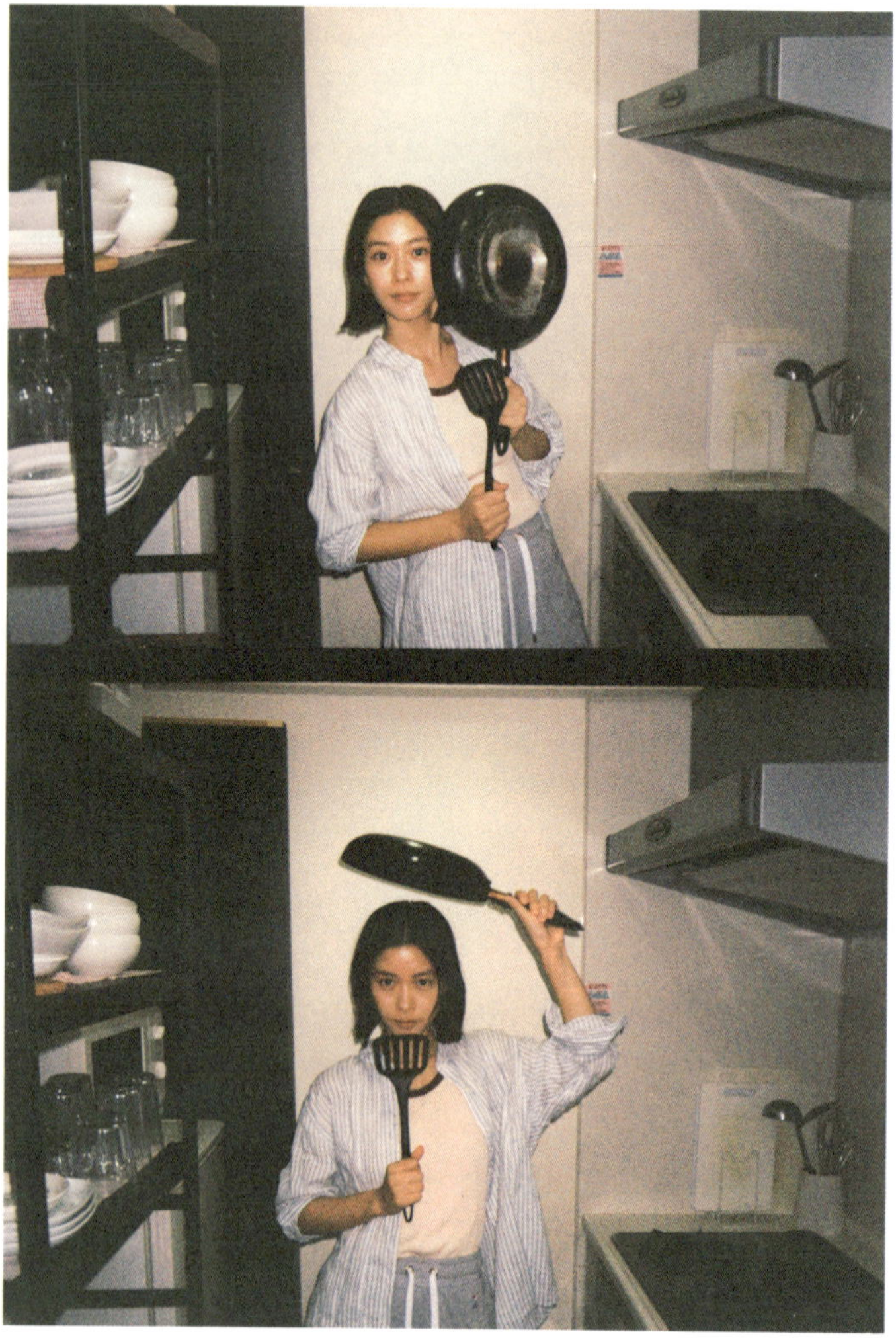

礼儀正しい彼女

「おはよう」

「いただきます」

「いってきます」

彼女は挨拶を怠らない人だった。

いつしか、無口な僕でさえも
自然と言葉が口をつくようになった。

「ただいま」

ドアを開けた僕が言う。

「おかえり」

ドアを閉めた僕が言う。

少し広くなった部屋にも慣れてきた。

信頼関係

「俺のこと好き？」

唐突に彼に問われた。

「好きだけど」

私はスマホを片手に呆気《あっけ》に取られながら答えた。

付き合って1年が経ち、
好きかどうかなんて考えることもなくなっていた。

お互いを信頼、尊重し、
交友関係には口出しをしない。

そんな私たちの関係を半ば理想的だと思っていた。

スマホ画面には旅の紹介動画が流れている。

「アクティブデート好きなふたりにおすすめ！」

瞬間、自分の心に気づく。

「ごめん……」

「え？」

「やっぱりもう好きじゃないかも」

心に浮かんだ人は彼じゃなかった。

桜の木の下で

このクソみたいな世界にも春が来た。
都会の隙間に桜の花が咲きほこっている。
ぼんやりと歩く僕の向かいから
中学生であろう男女が手を繋いで歩いてきた。
桜には目もくれず話に花を咲かせている。
そのさらに奥から老夫婦が手を繋いで歩いてきた。
なにも語らずただ静かに桜を見上げている。
恋は見つめ合うこと、
愛は同じ方向を見ることとはよく言ったものだ。
すれ違いざま、僕はひとり俯いた。

缶チューハイ

「もう1杯だけ飲まない？」
そんな常套句を言い訳にもらって
欲しくもない缶チューハイを2缶買った。
「乾杯」
一口だけ啜った私たちは
若干の酒を口に残したままキスをした。
翌朝、目を覚ますと、
私の隣に彼はもういなかった。
テーブルに置かれた気の抜けた缶チューハイは
まだ2つ寄り添っていた。

大丈夫の意味

「今日飲みに誘われてさ、
　女友達なんだけどいい？」

律儀に迷惑な確認をしてくる彼。

「大丈夫」

平静を装って答える私に彼が続ける。

「本当に嫉妬とかしないよね」

彼が馬鹿なのか。

私の芝居が上手すぎるのか。

着信アリ

深夜1時、スマホの着信で目を覚ました。

「寝てた？」

「ううん」

好きな人からの着信ほど心躍るものはない。

「今から会いたい」

電話越しでも彼が酔っているのが分かった。

私はスマホをスピーカーにすると、
しまっていたポーチを取り出した。

鏡を開き、再び嘘を塗り重ねていく。

夜しか会えない彼のために。

誠実な彼

「ごめん、買ってきてもいい？」

ダブルベッドの上で裸の彼が私に尋ねた。

「詰め甘すぎない？笑」

思わず笑ってしまった。

彼がいなくなった数分の孤独は
なぜか嫌じゃなかった。

男という生き物は全員ゴムアレルギーだと
思っていた私。

彼の馬鹿正直な誠実さは愛おしくさえ思えた。

薬指の日焼け跡に気づくまでは。

大人

「そろそろ大人になろうと思うんだ」

ギターを売ったお金で
小さなリングをプレゼントした。

君は泣いた。

嬉し涙なんかじゃない。

「諦めることが大人なら、ずっと子供でいい」

あの日から3年。

君のおかげか、
僕は今もこの小さなステージに立っている。

君はといえば1児の母になったらしい。

浮気の境界線

友達という名の元カノと飲みに出かけた彼は
日付が変わる頃に帰ってきた。
「ほら、なんもなかったでしょ」
彼は言い放った。
「〝今日は〟なにもなかっただけ。別れてるのに連絡してきて、
彼女がいると知っておきながら飲みに誘ってくるような
女なんて、1ミリも信用に値しない。
そんな女を友達と言うあなたも本当にイヤ」
なんて啖呵《たんか》を切れるはずもなかった。
「信じてあげられなくてごめん」
なんで私が悪者なんだ。

恋なんて

「彼が歩くの速くてさ」

「さっと車道側歩いてくれる人いいよね」

「どうやって手繋ぐ派？」

恋バナで盛り上がる友人たち。

よくそんなくだらない話を何時間もできるなと
呆《あき》れていた3ヶ月前の私。

そんな私が既読にならないＬＩＮＥを10分おきに開いている。

ピロン。

……なんだ。

どうやらこれから土砂降りの雨が降るらしい。

幻の告白

11月22日。
大学生以来、来ていなかった居酒屋は
汚くて、そして居心地がよかった。
お手洗いを待つ僕の後ろから
聞き覚えのある声がした。
「なにか言うことない？」
ついさっきまで真っ白な晴れ姿をしていた君。
「おめでとう」と笑顔を作った僕に
「ばかやろう」と君は不満げだった。
言えるわけがない。
「ずっと好きでした」なんて。

恋は
だいたい
利己的な
もので

恋はだいたい利己的なもので

「久しぶり。今度会いに行ってもいい？」
部屋の窓から覗《のぞ》く青空を切り取った
インスタのストーリーズにＤＭを送ってきたのは、
５年前に別れた元カレ。
たしかあの時のＬＩＮＥも淡白な一文だった。
「別れたい。好きじゃなくなった」
一方的にフって音信不通になったくせに
平然と連絡をしてくるなんて、
全くもって都合のいい男である。
ただ、恋はだいたい利己的なもの。今さら咎《とが》めることもない。
「いいよ、いつ来る？」
まるで何事もなかったかのように私も返事をした。

5年という歳月は、熱を冷ますのには十分だった。

私は久々にメイクポーチを取り出してきた。

あと数十分もすれば彼がやってくる。

最近はすっぴんで、ほとんど牛のように寝てるだけの毎日。

眉毛の描き方も忘れかけていた。

太陽が燦々《さんさん》と照りつける真っ昼間、彼はやってきた。

「久しぶり」

文面とは裏腹に少し気まずそうな顔をした彼は、

私の隣に腰かけると、ありきたりな質問をした。

「調子どう?」

「ぼちぼちかな。そっちは?」

「まあ俺もぼちぼち」

「そっか」

隔てた歳月より長く感じられるほどの沈黙が私たちを包み込んだ。彼はストーリーズと同じアングルの青空をしばし眺め、視線をこちらに戻すと口を開いた。

「なんか綺麗になった？」

「なってないでしょ」

「いや、なったよ」

「なるわけないじゃん！

まあ付き合ってる時よりは痩せたか」

「うん、当時丸かったもんね」

「ねえ、ぶっ飛ばすよ」

緊張の面持ちは笑顔に変わり、ふたりの時間は少しずつあの頃へと巻き戻っていった。

「甘いものって大丈夫？」

彼がカバンからシュークリームを取り出した。

「甘いもの私めちゃくちゃ好きじゃん」

「いやそうじゃなくて……」

私はそれを彼の手から早々に奪うと口いっぱいにかぶりついた。クリームの甘さのせいか、楽しかった記憶ばかりが蘇《よみがえ》ってきて、昔話に花が咲いた。

そのさまは側《そば》から見れば仲のいいカップルか、もしくは新婚夫婦くらいには映っていたかもしれない。

私は彼に尋ねた。

「どうして今さら連絡してきたの？」

「うーん……」

彼は少し真剣な表情になってから、再び笑顔を作って答えた。

「一発ヤれないかなと思って」

「最低」

私は彼の阿呆《あほ》らしい答えに満足した。今さらよりを戻そうなんて言われたらたまったものじゃない。

私は調子に乗って続ける。

「じゃあ、ヤる？」

「いや、今日〝は〟やめとくよ」

ふざけた表情を少し落ち着かせた彼が言う。

「またさ、飲みにでも行こうよ」

その誘いがさっきのものと異なり本心であると分かった。

「またはないよ」

「あるよ」

「ないよ」

「ある」

「あっても、行かない」

「うん……そっか、分かった」

唇をきゅっと噛み締めた彼が腰をあげる。

きっとこれが最後になる。

「幸せになんなよ」

最低な元カレにかけるには不釣り合いな言葉が口をついた。

「そっちも幸せになれよ」

「うん」

私の細い手を握った彼の手から

恋とは違う熱が入り込んできた。

彼はすっと手を解くと、静かに部屋を後にした。

彼が会いに来た日から3日が経った。

今日も太陽は燦々と降り注いでいる。

空と同じ色の衣を纏《まと》った私を看護師さんが呼びに来た。

「では手術室に移動しますね」

「ちょっとだけ待ってください」

私はスマホで窓の外の青空を写真に収めると、

あの日と同じようにストーリーズを更新した。

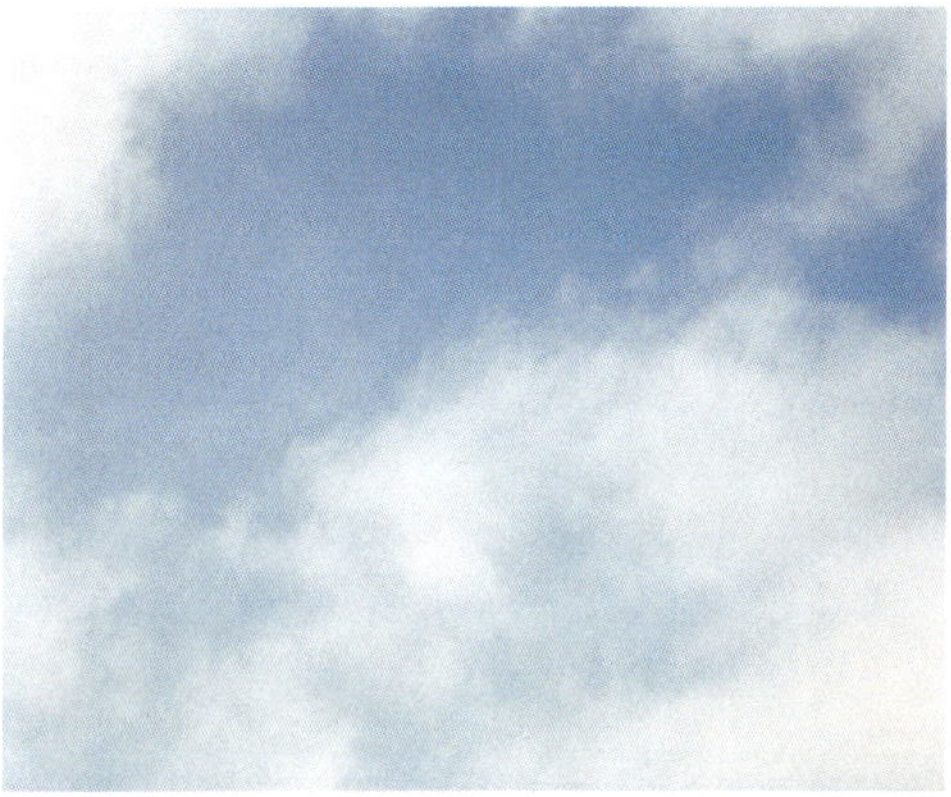

おわりに

本書『恋はだいたい利己的なもので』を手に取り、ここまで読み進めてくださりありがとうございます。傷口に触れるようなこの本に、痛みを感じた人も多いのではないでしょうか。

そんな恋の苦味を描いた本書のコンセプトは、〝思い出のアルバム〟です。物語の内容と相反するようですが、そこには1つの想いがあります。

「C'est la vie（セラヴィ）」という言葉をご存じでしょうか。直訳すると「これが人生だ」という意味のフランス語です。素晴らしい瞬間に立ち会って「これぞ人生！」とポジティブに使われることもあれば、なにか嫌なことがあった時に

「人生こんなもんだ」と開き直るニュアンスで使われることもあります。

酸《す》いも甘いも受け入れたこの言葉のように、心に巣食う恋の傷たちをいつか〝思い出〟と笑い飛ばせる日が来ることを願って制作されたのが本書です。

恋愛も人生も良いこともあれば悪いこともあります。むしろ悪いことの方が多い気がしますね。そんな人生を「C'est la vie!」と半ば諦めたうえで前を向く。そうでありたいと思うのです。

そして、この〝思い出のアルバム〟というコンセプトをなによりも体現しているのは、随所に挿し込まれた写真の数々でしょう。誰かの記憶にありそうな、写真フォルダの片隅に眠っていそうな、そんなありふれた記憶の断片を散りばめました。

全員とは叶いませんでしたが、「ポテトピクチャーズ」にご出演いただいたことのある役者の皆様の多大なるご協力を賜り、私自ら撮影させていただきました。

撮影にご協力くださった役者の皆様をはじめ、本書の制作にお力添えいただいたスタッフの皆様、なにより本書を手に取ってくださった読者の皆様に心より感謝申し上げます。

それでは、いつかまた傷ついた夜にお会いしましょう。

２０２５年１月

加藤碧

ブックデザイン　坂川朱音（朱猫堂）

カバー

撮　影　コウ ユウシエン

ヘアメイク　Hitomi（Chrysanthemum）

スタイリスト　Ami Ohtaki

モデル　森脇なな

本文

ヘアメイク　KAZUKI（p.11）

スタイリスト　Ami Ohtaki（p.11）

モデル　赤羽流河　朝井瞳子　池之上泰成　伊藤寧々
小方蒼介　喜多乃愛　北野りお　久保乃々花
黒江こはる　坂田秀晃　島津見　鈴木志遠
段隆作　つじかりん　椿原慧　東条澪　永瀬ひな
中塚智　中山翔貴　南條みずほ　仁藤妃南乃
野咲美優　日咲美音　平松來馬　本田美羽
松永有紘　美澄衿依　皆瀬翔　宮瀬彩加
森脇なな　山本将起　吉村優花（50音順）

キャスティング　ヤマ

宣　伝　ドナco

D T P　（有）エヴリ・シンク

校　正　山崎春江

編　集　村上智康（株式会社KADOKAWA）

加藤 碧（かとう・あお）

ショートドラマ作家。YouTubeチャンネル「ポテトピクチャーズ」でリアルな恋愛模様を描き出し、SNSで注目を集める。恋愛の苦味をありのままに表現した唯一無二の世界観と、ドラマに見えないリアルすぎる演出が話題となり、動画総再生回数は7,500万回を突破。観る人の心を揺さぶる作品づくりで共感と議論を呼ぶ。

YouTube@potato_pictures
TikTok@ktaoao_

恋《こい》はだいたい利己的《りこてき》なもので

2025年2月4日 初版発行

著　者　加藤《かとう》 碧《あお》
発行者　山下直久
発　行　株式会社KADOKAWA
〒102-8177 東京都千代田区富士見2-13-3
電 話 0570-002-301（ナビダイヤル）
印刷所　大日本印刷株式会社
製本所　大日本印刷株式会社

ISBN 978-4-04-606899-6 C0093